BAJEÃNAS
MITOS INDÍGENAS DO SUL

YAGUARÊ YAMÃ E IKANÊ ADEAN

BAJEÃNAS
MITOS INDÍGENAS DO SUL

Ciranda Cultural

Esta é uma publicação Principis, selo exclusivo da Ciranda Cultural
© 2025 Ciranda Cultural Editora e Distribuidora Ltda.

Texto
© Yaguarê Yamã e Ikanê Adean

Editora
Michele de Souza Barbosa

Preparação
Adriane Gozzo

Revisão
Fernanda R. Braga Simon

Produção editorial
Ciranda Cultural

Diagramação
Linea Editora

Design de capa
Ana Dobón

Ilustrações
Laerte Silvino

Dados Internacionais de Catalogação na Publicação (CIP) de acordo com ISBD

Y19b   Yamã, Yaguarê

           Bajeãnas - Mitos indígenas do Sul / Yaguarê Yamã, Ikanê Adean ; ilustrado por Laerte Silvino. – Jandira, SP : Ciranda Cultural, 2025.
           80 p. ; il. 15,5cm x 22,6cm.

           ISBN: 978-65-2612-411-6

           1. Literatura infantojuvenil. 2. Cultura indígena. 3. Lendas. 4. Mitos. 5. Povos indígenas. I. Adean, Ikanê. II. Silvino, Laerte. III. Título.

2025-1711

CDD 028.5
CDU 82-93

Elaborado por Odilio Hilario Moreira Junior - CRB-8/9949

Índice para catálogo sistemático:
1. Literatura infantojuvenil 028.5
2. Literatura infantojuvenil 82-93

1ª edição em 2025
www.cirandacultural.com.br
Todos os direitos reservados.
Nenhuma parte desta publicação pode ser reproduzida, arquivada em sistema de busca ou transmitida por qualquer meio, seja ele eletrônico, fotocópia, gravação ou outros, sem prévia autorização do detentor dos direitos, e não pode circular encadernada ou encapada de maneira distinta daquela em que foi publicada, ou sem que as mesmas condições sejam impostas aos compradores subsequentes.

AO ESCRITOR OLÍVIO JEKUPÉ,
DO POVO GUARANI.

SUMÁRIO

Os povos indígenas da Região Sul e suas faces mitológicas...... 9

Ao Ao 14

Jaxy Jatere 17

Xikali 21

Mboi-Tatá 24

Teju Jagua 27

Mboi Tu'i 30

Kurupy 33

Nhanderuvusu 36

Somsim Sopré 39

Gabura 42

Berity't, a ema comedora de gente 44

Mahyt, o encantado 47

Kumbaé 50

Sepé Tiaraju 53

A origem das Cataratas do Iguaçu 56

Luagwe, o demônio sem face 59

Piraberaba, o peixe dourado 62

As zumbis dos pampas.. 65

Pyragué, o pombero 68

Tetã-Marãîma, a Terra sem Males 72

Glossário 75

Sobre Yaguarê Yamã 77

Sobre Ikanê Adean 79

OS POVOS INDÍGENAS DA REGIÃO SUL E SUAS FACES MITOLÓGICAS

Com heróis como Sepé Tiaraju, é fácil pensar em quanto os povos nativos do Sul do Brasil resistiram aos colonizadores portugueses e perseveraram bravamente pela vida. A luta pela sobrevivência fez deles capazes de gritar alto e bom som: "Queremos viver!". Hoje, eles dizem: "Estamos aqui! Somos parte desta terra, e nossa cultura e nossas crenças precisam ser respeitadas!".

É por essa razão que este livro é tão importante: para mostrar ao mundo a alma de um povo; a cultura e a crença de um povo que nasceu e sobreviveu para hoje nos contar a história de seus antepassados.

Yaguarê Yamã e Ikanê Adean

Estamos falando de povos como os guaranis, os kaingang, os xokleng e os xetá. De povos como os descendentes dos antigos minuanos e charruas. Todos aqui representados por suas lendas e seus mitos, alguns dos quais nunca antes escritos.

Quando dizemos que cada povo nativo representa um universo cultural, isso ocorre porque existem vários troncos e várias famílias étnicas vivendo neste país, os quais contribuíram e ainda contribuem para nossa brasilidade.

E é de brasilidade que o povo brasileiro necessita. Todos nós, como brasileiros, precisamos olhar no espelho e ver quão nativos somos. Precisamos dar um fim à mentalidade além-mar, eurocentrista, e, em vez disso, tomar para nós o que temos de mais lindo e rico: nossa própria identidade – é isso que os povos indígenas e suas inúmeras culturas valorizam.

O Sul do Brasil é rico não só da cultura imigrante, mas também da cultura originária. É claro que você já ouviu falar em "chimarrão", termo que deriva do espanhol *cimarrón*, mas também já ouviu falar em "mate", palavra indígena da língua quéchua, assim como em "piá", "guri" e "xará", do tupi-guarani. Além disso, conhece mitos como o do Mboi-tatá. O próprio termo "gaúcho" tem origem na língua charrua e significa "descendente de indígena". Então, não há como não ver o Sul do Brasil também como terra indígena.

Este é um livro de mitos antigos, cada qual com suas particularidades. Aqui apresentamos seres e entidades que fazem parte do imaginário coletivo dos povos nativos.

As pesquisas realizadas, livres de estereótipos, tiveram como objetivo não só valorizar como também manter vivas as histórias dos povos originários do nosso país, os quais mantêm as próprias tradições mesmo após mais de cinco séculos de conquista e opressão cultural.

Este livro reforça esse ensejo. Os valores da terra precisam ser mostrados, conhecidos, para, assim, alimentar, em termos culturais, um povo que, infelizmente, muitas vezes, é pobre em conhecimento do próprio país.

Yaguarê Yamã e Ikanê Adean

AO AO

Mito guarani

Ao Ao (ou Ahô Ahô) é o nome de um ser monstruoso da mitologia guarani, povo de origem tupi que habita inúmeras aldeias, desde o litoral capixaba até o Rio Grande do Sul, além de países como Argentina, Bolívia e Paraguai. É frequentemente descrito como sendo uma criatura voraz, parecida com um carneiro, de presas afiadas, sempre procurando intimidar e até matar aqueles que não respeitam a natureza.

O nome desse ser tem origem no som que ele emite ao perseguir suas vítimas: aô, aô, aô. Contudo, não há somente um Ao Ao. Pajés guaranis dizem haver dezenas deles no mundo.

O primeiro Ao Ao, chamado Aeveté, morreu, mas era extremamente viril, o que o fez ser identificado, entre os guaranis, como "o princípio da fertilidade". Hoje, por ordem do deus Nhanderu, seus descendentes são, coletivamente, senhores e protetores das colinas e das montanhas.

Esses descendentes são considerados canibais e fisicamente descritos como não humanos, tendo em vista que Aeveté (pai de todos) era filho do espírito maligno Tau e de uma mulher humana.

Quando um Ao Ao localiza uma vítima, ele a persegue a qualquer distância ou em qualquer território, não parando até conseguir alimentar-se. Se a presa tentar escapar subindo em uma árvore, Ao Ao circundará a árvore e uivará incessantemente, cavando suas raízes, até que o tronco caia.

De acordo com os pajés, a única árvore segura para escapar de um Ao Ao é a palmeira pindó, que, segundo a lenda, contém algum poder misterioso contra esse ser maligno. Se a vítima conseguir subir em uma árvore desse tipo, o Ao Ao desistirá de persegui-la e sairá em busca de outra refeição.

De acordo com a mitologia, o Ao Ao também tem a função de levar crianças desobedientes para Yacy Yateré, espírito da punição.

JAXY JATERE

Mito guarani

Quem conhece a história de Sasy Pererê, mito tupinambá, vai encontrar muitas diferenças com a história de Jaxy Jatere, mito do "saci guarani".

Para quem não sabe, tanto o povo guarani quanto o povo kaingang têm a própria versão do saci tupinambá. Em cada uma delas, o personagem ganha nova roupagem, outro nome e nova identidade, o que significa que, apesar de terem a mesma origem, os mitos são distintos.

Assim, distanciando-se do Sasy Pererê, Jaxy Jatere não é mau nem melancólico e é mais que uma simples entidade – é um deus do grande panteão guarani. A maior diferença entre ele e o saci tupinambá é o jeito brincalhão. O deus guarani vive por aí pregando peças, mas também ajudando as pessoas. Foi ele quem inventou a agricultura e ensinou o povo guarani a plantar. O uso da erva-mate para fazer o chimarrão foi invenção dele.

As características bem diferentes entre as duas entidades são marcantes, entre elas a aparência física. No mito guarani, o Jaxy Jatere tem duas pernas; porém, vale lembrar que, em alguns lugares ou povoados, ele é igualmente imaginado com uma perna só. O pouco que ele se aproxima do Sasy tupinambá, e até do folclórico saci brasileiro, é o petyngua (cachimbo), objeto do cotidiano guarani.

Em guarani, Jaxy Jatere quer dizer "pedaço da lua", o que não condiz com o nome do personagem tupinambá. Ainda que tenha significado, esse nome parece ter sido forjado, bem diferente do termo tupi, Sasy Pererê, que significa "dor aos pulos", daí dizermos que a origem do mito é tupinambá.

Como deus, Jaxy Jatere mora no mundo espiritual, embora, com frequência, apareça no mundo dos seres humanos, em forma humana, como a pessoa mais simples já vista – um andarilho. Quando encontra alguém precisando de ajuda, ele o auxilia, sem cobrar nada em troca. Quando encontra pessoas zombando de outra, usa seus poderes para castigá-las, às vezes fazendo com que provem do próprio veneno.

O Jaxy Jatere pode ser entendido como um tipo de Pedro Malasartes guarani; mas, como ser divino, merece todo o respeito, não só por ser bondoso com os menos favorecidos, mas porque sua aura divina o faz superior e merecedor da devoção humana.

Certa vez, andando por um caminho que integrava duas aldeias no litoral catarinense, Jaxy Jatere viu um homem plantando milho. Mesmo sabendo do que se tratava, perguntou:

– O que você está fazendo?

O homem, grosseiro, respondeu:

– Estou plantando cocô.

– Já que é isso que está plantando, pode continuar – disse Jaxy Jatere.

Quando o deus acabou de passar, o homem olhou para baixo e viu que em todas as covas só havia cocô.

Jaxy Jatere continuou sua caminhada e, quando estava próximo do litoral paulista, viu uma criança chorando. Ele perguntou à mãe:

– Por que esse bebê chora?

– Ele está com fome, meu senhor – respondeu a mulher.

Então, o deus tirou de dentro do petynguá uma porção de sementes, as quais, ao caírem no chão, se transformaram em comida. A mulher correu e pegou a comida para dar ao filho.

– Obrigada, meu senhor – disse a mulher. – Que Deus faça por você o que você fez por meu filho.

Nesse instante, a mulher olhou para Jaxy Jatere e o viu mudar da forma humana para a forma divina.

Bondoso, pacífico e divertido, Jaxy Jatere anda pelas terras do povo guarani, de aldeia em aldeia, de caminho em caminho, desde tempos imemoriais, à época da criação da Terra Sem Males. Sempre ajudando os mais necessitados, mas também zombando de pessoas metidas e que praticam *bullying*.

XIKALI

Mito xokleng

Os Xikali são seres sobrenaturais, de origem alienígena, que frequentemente vêm a este mundo e devoram o corpo e a alma das pessoas. São altos, fortes e bem armados. São seres caçadores. São uma espécie humanoide que habita outros mundos e, quando resolvem matar os seres humanos, descem até a floresta e, de modo invisível, escolhem suas caças.

Dizem os curandeiros xokleng que só há uma maneira de afugentar os Xikali: rezar para os Tapãg, espíritos curandeiros que ajudam os pajés. Esses espíritos curandeiros não são tão poderosos quanto os Xikali, porém, no mundo, estão em maior número e são unidos, por isso são capazes de expulsar os seres alienígenas, embora, de tempos em tempos, estes sempre retornem.

Eis algo bem estranho: você sabia que os mitos indígenas existem há muito mais tempo que as crendices do homem branco? Histórias de alienígenas estão entre os indígenas talvez há muito mais tempo que entre os europeus. Se você duvida, então é porque nunca ouviu falar do caminho sagrado do Peabiru, uma rede de trilhas de mais de três mil anos que liga o Oceano Atlântico ao Oceano Pacífico, passando por Brasil, Paraguai, Bolívia e Peru.

MBOI-TATÁ

Mito guarani

É importante compreender que há duas entidades com nomes parecidos e, muitas vezes, confundidas pelos brasileiros. O Mba'e-Tatá (coisa de fogo) é uma entidade antiga dos povos tupis representada por um morcego em forma de fogo; seu nome em português é Fogo-Fátuo. Já o Mboi-Tatá (cobra de fogo) é uma das grandes manifestações míticas dos guaranis da Região Sul do Brasil. É uma cobra de fogo que persegue a todos que fazem mal à natureza.

O Mboi-Tatá vaga no ar, quase sempre em regiões descampadas, e aparece reluzente, com olhos brilhantes. Como um facho de luz que se locomove em grande velocidade pelos pampas gaúchos e queima pessoas e animais, não é um deus nem pode ser entendido como um ser divino; é um ser punitivo.

Em guarani, Mboi significa "cobra" e dá nome, inclusive, a uma importante avenida da zona sul de São Paulo: M'boi

Mirim (cobra pequena) ou Estrada do M'boi Mirim. Já a palavra Mba'e (coisa) caiu no esquecimento, por isso se fez a confusão com o nome das entidades tupi e guarani.

Um brinde ao grande Mboi-Tatá do povo guarani!

TEJU JAGUA

Mito guarani

O Teju Jagua é um animal fantástico de três metros de comprimento, de aparência híbrida: é, ao mesmo tempo, lagarto e cachorro.

Para os guaranis que habitam o Centro-Sul do Brasil e os países platinos (Argentina, Paraguai e Uruguai), esse enorme ser mitológico pertence ao seu grande panteão de entidades e é o deus das cavernas, das grutas e das lagoas – locais onde habita. É benevolente com as pessoas que colaboram com ele, ajudando a preservar esses lugares e expulsando caçadores e pescadores que só querem destruir a natureza.

Quase sempre, após aparecer em sonho para essas pessoas pedindo-lhes ajuda, elas ficam "encantadas" por pelo menos duas horas, momento de sua consagração como ajudante de Teju Jagua.

Esse deus da natureza não é carnívoro – só se alimenta de frutas e mel. Por ter o corpo pesado de um lagarto, anda arrastando-se pelos pampas do Sul do país, quase sempre à noite. Prova disso é que, ao primeiro raiar do dia, é possível observar seus rastros luminosos pelo chão, que vão desaparecendo à medida que o sol aquece a relva.

MBOI TU'I

Mito guarani

Mboi Tu'i é o nome de um dos monstros mais incríveis do panteão do povo guarani. Traduz-se, literalmente, como "serpente-papagaio", o que descreve sua aparência.

O Mboi Tu'i tem a forma de uma grande serpente, com cabeça enorme e bico de papagaio. Tem a língua bifurcada vermelho-sangue, e a pele é coberta de escamas. Sobre a cabeça, há uma crista de penas azuis e vermelhas bem longas. As asas são brancas, rubras e pretas. Na cauda, um artefato com pedaços de aço, com uma enzima que enfraquece seu veneno, dá continuidade ao seu corpo, permitindo que voe. Pessoas que têm a infelicidade de o encontrar, ao olhá-lo nos olhos, têm memórias passadas horríveis, inverídicas e angustiantes.

O Mboi Tu'i patrulha pântanos e protege a vida dos anfíbios. Gosta de umidade e de flores e emite um poderoso e terrível grito, capaz de causar trauma nas orelhas de quem o

ouvir de longe e de deslocar o coração e o pulmão de quem o ouvir de perto.

Irmão do Mboi-Tatá, o Mboi Tu'i é considerado o protetor das áreas úmidas e dos animais aquáticos, pois depende deles para conseguir forma física dita superior.

KURUPY

Mito guarani

Kurupy é outro ser pertencente à mitologia guarani, filho de Tau e Kerana. É chamado "curupira-amarelo", "taiutu-perê" ou "micuim-cambá", nomes que buscam definir sua característica hedionda. Habita as florestas do Sul e, em noites de lua cheia, atormenta a vida das mulheres.

Pequeno, com bochechas rosadas, olhos negros sem pupilas, dentes pontiagudos e cabelo despenteado, movimenta-se saltando e é muito lento, pesado e feio. Alimenta-se de lixo, animais recém-nascidos e fezes de cutia, e, na mata, é reconhecido pelos gritos e pelas gargalhadas malévolas, sobretudo de madrugada.

Um atributo físico importante e curioso desse pequeno ser encantado é a barriga, que tem formato triangular. Bastante esperto e preguiçoso, é achincalhado e xingado pela comunidade muambeira, pois costuma perseguir mulheres e crianças – daí os guaranis e os xetá terem tanto medo e pavor dele.

Ai da mulher que for molestada pelo Kurupy. Ela quase sempre engravida, e o filho será tão monstro quanto o pai.

Outra característica bestial do Kurupy é o enorme pênis, dividido em dois – algo bizarro.

NHANDERUVUSU

Mito guarani

Nhanderuvusu é o criador, o mantenedor e o legislador da religião tradicional guarani e o principal deus de seu panteão mitológico. É uma deidade tripla, isto é, uma em três, e cada uma delas tem denominação própria: Nhamandu, Nhanderuvusu e Nhandejara.

Nhanderuvusu não tem forma antropomórfica; aliás, não tem forma nenhuma. E, diferentemente das demais divindades inferiores, vive no ar – é onipresente, onipotente e onisciente.

No princípio, Nhanderuvusu destruiu tudo o que existia na Terra, pois havia muita coisa ruim nela; em seguida, criou espíritos que não são maus, mas que, quando necessário, atormentam aqueles que cometem alguma maldade – os chamados anhang no idioma guarani, daí dizermos que no mundo há muitos anhãga.

Yaguarê Yamã e Ikanê Adean

Nhanderuvusu criou duas almas, e delas surgiu anhandesy, a matéria. Depois, criou os lagos, a neblina, os rios. Para proteger tudo isso, criou Jara e, em seguida, Tupã, que é quem controla o clima e se manifesta por meio de raios, trovões, relâmpagos, ventos e tempestades; a propósito, é Tupã quem empurra as nuvens pelo céu.

Nhanderuvusu também criou Kaaporã, protetor das matas e de todos os seres vivos.

SOMSIM SOPRÉ

Mito kaingang

O Somsim Sopré provém do Sasy Pererê dos tupinambás e lembrava muito essa entidade desde que passou a fazer parte da crença kaingang; contudo, com o passar do tempo, suas características foram-se modificando, e hoje ele é tido como uma entidade totalmente diferente da tupinambá.

O Somsim Sopré é um homem com uma perna enrolada na outra, cheio de feridas. É quase humano, quase invisível.

É quase humano porque tem aparência antropomórfica, apesar das pernas tortas e das chagas. Anda cambaleando e rindo à toa.

É quase invisível, porque não se mostra a qualquer um, apenas àqueles em quem deseja pregar peças. Afinal, é exímio pregador de peças.

O Somsim Sopré é uma entidade do mau muito risonha. Quando se manifesta, é logo percebido pelo riso debochado

seguido de uma ação maligna. Grita durante a noite enquanto deixa transparecer os olhos vermelhos no escuro. É muito agourento. Aqueles que o ouvem dizem que seu grito é semelhante a um piar, tanto que algumas pessoas dizem tratar-se de um demônio em forma de pássaro.

O Somsim Sopré vagueia pelas matas, pelas aldeias e pelas ruas vazias, sempre à espera de algum desavisado.

GABURA

Mito kaingang

Gabura é um homem tido como invisível, pois aparece apenas para quem deseja. Todos a quem ele já se manifestou dizem tratar-se de um homem pequeno, que, pelas pegadas deixadas no chão, não tem mais que alguns centímetros.

Apesar da baixa estatura, persegue as mulheres e as engravida quando pode. Mulheres andando sozinhas à noite e que não estejam protegidas por nenhuma reza de um curandeiro são mais suscetíveis aos ataques de Gabura. E, sempre que nasce um filho seu, a criança é raquítica, com olhos esbugalhados e dentes pontiagudos iguais aos do pai.

Quando nasce um filho de Gabura, a criança é vítima de maus-tratos e muito desprezada; por isso, muitas vezes, vai embora com o pai e nunca mais é vista. Então, acaba tornando-se um novo Gabura e cometendo as mesmas maldades do pai, incluindo a violência contra as mulheres.

O Gabura não usa roupas. É um demônio tarado. Aparece nu, mostrando seu grande membro.

BERITY'T, A EMA COMEDORA DE GENTE

Mito charrua

Muito tempo atrás, nos pampas do Sul do Brasil e do Norte do Uruguai, avistava-se em meio a um grupo de emas uma ema diferente de todas, cujo nome era Berity't.

Berity't é uma entidade da mitologia charrua, antigo povo do Sul do país. Seu nome, em português, significa "comedora de gente", exatamente porque ela come pessoas, principalmente caçadores de emas.

Berity't é mais alta que as demais emas, e seus olhos são vermelhos e faiscantes como o fogo. Está sempre atenta ao aparecimento de qualquer pessoa. Quando a avista, esconde-se entre as outras emas e, tão logo a pessoa se aproxima, ela

salta e corre atrás dela até capturá-la. Nada consegue detê-la. Ela mata, destroça e devora a vítima.

Pense num tempo em que o homem branco ainda não chegara aos pampas gaúchos. Povos minuanos, charruas e guaranis temiam o que poderia acontecer se Berity't fosse avistada.

Essa entidade de carne e osso tem poderes sobre-humanos. Alguns dizem que tem dentes pontiagudos; outros, que engole as vítimas sem mastigar. Mas o certo mesmo é que todos ainda têm medo de Berity't. Esforçam-se em se esquecer de uma ema maligna que se comporta como espírito protetor e vingador das emas.

E é exatamente isso que Berity't é.

MAHYT, O ENCANTADO

Mito charrua

Mahyt é um estranho ser mágico cujo corpo é coberto de escamas douradas, prateadas ou pretas, sempre muito reluzentes, que canta uma música doce e melodiosa. É avistado saindo da água em noites de luar, na curva do rio Taquari.

Sabe-se que Mahyt não faz mal a ninguém. No entanto, só pelo fato de ser uma entidade encantada, causa apreensão, por isso ninguém tem coragem de conversar cara a cara com ele – o jeito mesmo é observá-lo de longe, sem ser visto, e deleitar-se com sua voz melodiosa, capaz de encantar quem o ouve.

Sua canção é pela proteção da natureza e em sua própria homenagem, por isso dizem que ele é o "lírico da floresta".

O povo charrua e seus descendentes, que ainda preservam muito da cultura original ancestral, têm Mahyt como uma entidade das mais benfazejas. Segundo pajés, sua aparição traz sorte e, para alguns, serve de remédio, porque os doentes que o ouvirem cantar poderão ficar sãos por causa de sua voz divina.

KUMBAÉ

Mito guarani

Dizem os cheramoi que, momentos antes da queda e da destruição dos Sete Povos das Missões, no Rio Grande do Sul, os jesuítas incumbiram doze guerreiros guaranis de vigiar seus tesouros.

Durante os ataques dos soldados do rei, esses guerreiros reuniram todo o tesouro, constituído de cruzes de prata, estátuas de santos em tamanho real e inúmeras imagens de ouro maciço, em uma caverna. Em seguida, os padres jesuítas destruíram a única entrada do local, deixando os doze guerreiros, entre eles Kumbaé, sozinhos para proteger a caverna, a qual, segundo alguns, fica próxima ao rio Uruguai.

Com o passar dos meses, onze guerreiros faleceram, mas Kumbaé permaneceu firme, cumprindo a promessa que fizera. Tanto que, mesmo centenas de anos depois, sem perceber que

o tempo lhe ceifara a vida, o guerreiro continuou vigiando a caverna em espírito.

Hoje, fisicamente só osso, Kumbaé tem os olhos reluzentes por causa da caverna escura e fica agoniado quando percebe ter gente por perto. Então, para assustar quem da caverna se aproxima, o morto-vivo grita e emite uivos estridentes, além de longos gemidos, capazes de dar medo a qualquer um.

Pessoas que já ouviram essa lenda só a conhecem até esse ponto. O que não sabem é que Kumbaé aceitou proteger a caverna não por fidelidade aos jesuítas, mas porque a promessa dos padres era a de que, terminada a guerra, eles retornariam e dariam o poder e a governança das terras a quem tivesse cuidado de seu rico tesouro.

Assim, o morto-vivo se mantém guardando a caverna, esperando que um dia os jesuítas retornem, para, enfim, tomar posse do que é seu por direito: as terras guaranis à margem esquerda do rio Uruguai.

SEPÉ TIARAJU

Mito guarani

Sepé Tiaraju, guerreiro guarani nascido em 1723, foi, sem dúvida, um dos maiores heróis da resistência indígena no Brasil. Chefe guarani, liderou uma rebelião contra o Tratado de Madri na chamada Guerra Guaranítica, cujo objetivo, além de aprisionar os indígenas e escravizá-los, era enfraquecer a influência jesuíta sobre os indígenas e desocupar a região dos Sete Povos das Missões, na fronteira entre Brasil e Argentina e nas proximidades do Paraguai, onde os padres jesuítas ajudaram a criar uma sociedade nativa organizada e livre, aos moldes europeus.

Não se sabe ao certo, mas tudo indica que se tratava de uma missão de catequese das mais importantes durante a colonização.

Sepé Tiaraju ganhou fama por resistir heroicamente aos ataques de espanhóis e portugueses. E, mesmo após sua morte,

em 1756, seus seguidores continuaram a luta de resistência contra as duas Coroas, transformando a memória do líder revolucionário em mito, tanto que até hoje sua vida é tema de obras poéticas e relatos literários.

A história de Sepé Tiaraju permaneceu na memória do povo indígena como grande herói da luta pela resistência ao colonizador branco.

Os principais registros da narrativa do herói provêm de padres jesuítas sobre a Batalha de Caiboaté, na qual Sepé Tiaraju foi morto pelos espanhóis. Diz a lenda que o herói subiu aos céus, pois seu corpo não fora encontrado. Assim, Sepé ficou conhecido popularmente como São Sepé.

A ORIGEM DAS CATARATAS DO IGUAÇU

Mito kaingang

Diz a lenda que a nação kaingang, habitante das margens do rio Iguaçu, no Paraná, acreditava que o mundo era governado por Okroj, um deus em forma de serpente, filho de Kretã, espírito criador do mundo. Igbi, cacique desse povo, tinha uma filha chamada Fakoj, tão bela que as águas do rio paravam quando a jovem se olhava nelas.

Por causa de tamanha beleza, Fakoj foi consagrada a Okroj e passou a viver somente para seu culto, impedida de ver ou de ser vista pelos jovens guerreiros da aldeia.

Numa manhã, porém, alguns jovens guerreiros, voltando de uma caçada, passaram pela margem do rio e avistaram

Fakoj fazendo uma dança ritualística ao seu deus. O mais destemido deles, Kiampej, não se conteve e nadou até a outra margem, onde ficou admirando Fakoj, sem ser visto por ninguém. Dali o jovem guerreiro assistiu a todo o ritual e, de tanto admirar a beleza da moça, apaixonou-se por ela perdidamente.

Os dias se passaram, e Kiampej, não mais suportando tanta paixão, aproveitou-se de uma festa da aldeia, na qual o cacique se embriagava com os demais guerreiros, e fugiu com a jovem rio abaixo, numa canoa levada pela correnteza.

Quando o deus Okroj se deu conta da fuga de Fakoj e Kiampej, ficou furioso. Então, penetrou as entranhas da terra e, retorcendo o corpo, produziu uma enorme fenda, onde se formou a gigantesca catarata. Envolvidos pelas águas, a canoa e os fugitivos caíram de grande altura, desaparecendo para sempre.

Dizem os kaingang que a bela Fakoj foi transformada em uma das rochas centrais das cataratas, fustigada perpetuamente pelas águas revoltas. Quanto a Kiampej, foi convertido em uma palmeira, situada à beira de um abismo, inclinada sobre a garganta do rio. Debaixo dela, há a entrada de uma gruta sob a "Garganta do Diabo", onde o deus vingativo vigia eternamente as duas vítimas.

LUAGWE, O DEMÔNIO SEM FACE

Mito minuano

Luagwe é um demônio que aparece somente no escuro, porque é um ser noturno. Por essa razão, sua cor é preta, o que o faz quase impossível de ser visto na escuridão, a não ser quando ri de suas vítimas, mostrando dentes brancos e brilhantes a ponto de faiscarem raios.

Por ser noturno, esse ser mitológico não tem olhos. Sua face é humana, mas nela há apenas duas cavidades: uma do nariz e uma da boca, as quais só são vistas quando o monstro ri, por isso ele é chamado demônio sem face.

Luagwe também não tem pelos, porém tem rabo, com o qual se balança nas árvores próximas às casas ou nas cumeeiras dos quartos. Dali ele aguarda para assustar aqueles que estejam andando no escuro.

Esse demônio age por puro instinto maligno e usa o faro para se localizar e se locomover. Aí, já sabe, o cheiro humano é o que mais lhe chama a atenção.

Quando quer desaparecer, entra como por encanto no "umbigo da escuridão" e só retorna quando quer fazer o mal.

PIRABERABA, O PEIXE DOURADO

Mito xetá

Dizem que esta lenda surgiu no rio Camboriú, ou no rio Itajaí-açu, ou no rio Paraná – ninguém sabe ao certo. O que se sabe, porém, é que esse mito do povo xetá fala de um peixe de escamas douradas que costumava transformar em ouro tudo que nele encostasse. Um peixe dourado do tamanho de um curimba. Fugaz. Capaz de nadar tão rápido quanto um raio. Daí algumas vezes pessoas verem relâmpago na água.

Esse peixe existiu de verdade, confirmou-nos, certa vez, um pajé xetá. "É que hoje os tempos são outros, e, infelizmente, muitos seres míticos deixaram de aparecer por causa da descrença dos novos habitantes de nossas terras. Não que não existam mais, mas encontraram outra forma de existir, sem aparecer", ele falou.

E assim aconteceu com o Piraberaba, nome tupi que significa "peixe reluzente"; esse ser que, em tempos imemoriais, como dito anteriormente, costumava transformar em ouro tudo que nele encostava. Hoje, ele é apenas um mito incrível e repleto de magia, e, segundo o povo xetá, é nele que se encontra a origem do ouro.

Mas quer saber a origem das demais pedras preciosas de acordo com o mesmo povo? Segundo os xetá, não havia apenas um peixe encantado, mas seis, cada qual com uma cor, capaz de fazer com que pedras no leito dos rios ficassem da cor de cada um deles. E assim nasceram as pedras preciosas das cores verde, azul, branca, preta, vermelha e amarela.

AS ZUMBIS DOS PAMPAS

Mito minuano

Numa época em que eram comuns as guerras por causa do rapto de mulheres de etnias rivais, um pequeno mas aguerrido grupo de charruas adentrou os pampas em que hoje fica a cidade de Uruguaiana, no Rio Grande do Sul, e ali raptou as mais belas mulheres do povo minuano.

Foram doze as mulheres roubadas. Então, o território dos charruas ficou repleto de guerreiros minuanos por todos os lados. O chamado do pajé foi tão sério que veio gente até do outro lado do grande rio Paraná.

Os guerreiros minuanos saíram ao encalço dos guerreiros charruas em busca das mulheres raptadas. Não demorou muito, teve início uma grande batalha.

Antes, porém, de a grande guerra começar, os guerreiros charruas se desesperaram e resolveram tirar a vida das jovens minuanas e as enterraram numa única cova, ao lado de uma araucária. Quando os minuanos chegaram, era tarde demais. Mesmo assim, a guerra foi declarada, desde a manhã até o pôr do sol.

Diz a lenda que mais de oitocentos guerreiros perderam a vida, a maioria deles minuana, pois, mesmo em menor número, os charruas eram mais fortes e ágeis, o que fez com que, ao fim do dia, os poucos minuanos ainda vivos fugissem.

Os guerreiros charruas sobreviventes, após uma pausa para o descanso, também resolveram deixar o campo de batalha. Então, o campo todo, vermelho de sangue, ficou vazio.

Durante o crepúsculo, um dowli (pajé) minuano, vindo não se sabe de onde, andava em meio aos corpos, procurando o lugar exato onde os charruas haviam enterrado as mulheres. Ao chegar diante da araucária, localizou a cova das jovens minuanas e, sem tardar, soltando baforadas de cachimbo, recitou palavras de encantamento. Sua ira era tanta que o lugar foi declarado amaldiçoado.

Cem anos depois, durante uma noite de tempestade, Luagwe, o demônio sem face, apareceu, e a antiga sepultura coletiva fendeu-se, saindo dali doze mulheres, todas elas mortas-vivas. Com olhos famintos, sedentos de carne humana, as doze mulheres saíram mundo afora em busca de vingança.

Diz a lenda que foram elas as principais responsáveis pela quase extinção do povo charrua. E até hoje elas procuram por descendentes de seus desafetos.

PYRAGUÉ, O POMBERO

Mito guarani

Pyragué significa "pé peludo" e é justamente o nome original do mito de Pombero, famosa lenda recorrente no Paraguai, no norte da Argentina e entre os guaranis do Brasil.

Às vezes, essa entidade é chamada Kuarahy Jara (dono do sol) ou Karai Pyhare (senhor da noite). Na mitologia guarani, é a criatura responsável por cuidar da floresta e proteger os animais de predadores humanos.

Assim, todos sabem que Pyragué é, de fato, um ser escolhido a dedo por Nhanderuvusu, o grande criador, para proteger a fauna e a flora, algo comparado ao curupira e à caipora dos tupinambás e tupiniquins do Sudeste do Brasil e à Ka'apora'rãga e ao curupira do povo maraguá da Amazônia.

O Pyragué é como um ser humano, vive numa casa de palha no meio da floresta, mas, de vez em quando, toma forma não humana. Quando alguém precisa de ajuda e cuidado com a plantação, faz uma prece a esse ser mitológico e é prontamente atendido, por isso muitas pessoas o têm como "espírito patrono da agricultura".

De fato, Pyragué pode tornar-se amigo ou inimigo do homem, a depender de seu comportamento. Se for um agricultor que precisa de sua ajuda, é claro que ele vai ajudá-lo; contudo, se for um caçador ilegal ou um destruidor da floresta, é óbvio que Pyragué vai confrontá-lo. Por essa razão, muitos brancos têm medo dele, tendo em vista que, em geral, são os maiores responsáveis pela destruição das florestas, o que os torna inimigos dessa entidade.

Existe uma lenda pós-colonização que diz que Pyragué é bobo e viciado em bebida e fumo – isso não é verdade. Comunidades nativas que acreditam nele o acham muito inteligente, e, se fuma, é porque é cultura do povo guarani usar o petyngua, assim como Jaxy Jatere é sempre visto fumando cachimbo e bebendo chimarrão.

Os poderes de Pyragué são muitos, e um simples toque de sua mão peluda faz o caçador ou o lenhador ficar zonzo e perder o rumo de casa, ficando a esmo na floresta por vários dias. A pessoa que se depara com ele nunca deve pronunciar seu nome em voz alta. Se quiser falar com ele, precisa fazê-lo bem baixinho, como um cochicho.

Pyragué costuma soprar um apito no meio da floresta, e para quem o imita ele costuma aparecer em forma demoníaca, fazendo a pessoa enlouquecer ou ter uma febre terrível, a ponto de delirar.

Para quem gosta de remedar os outros, brincar de esconde-esconde ou jogar pedras em pássaros, saiba que esse ser mitológico vive não só na floresta, mas também nos povoados, e a tudo está atento, principalmente a essas três coisas, que ele mais detesta. Quando vê alguém fazendo essas brincadeiras de mau gosto, fica fulo da vida e participa delas da maneira mais macabra que se pode imaginar.

Além de ser sério demais, o Pyragué tem humor sarcástico. Vive por aí parecendo um homem comum só para acompanhar mulheres grávidas em seus passeios, como se fosse o marido delas, sem que elas percebam. E o que elas também não sabem é que, caso ele mate o verdadeiro companheiro delas, pois esse ser não tem pena de ninguém, continua com a mulher até que ela dê à luz, então ele desaparece com a criança.

Eis as multifaces de Pyragué.

TETÃ-MARÃÎMA, A TERRA SEM MALES

Mito guarani

Sem dúvida nenhuma, esta é a maior crença da religião guarani: um lugar tão bonito e tão perfeito onde não há nenhum mal.

Não sabemos se alguém já viu um lugar assim; só sabemos que os brancos católicos acreditam no Jardim do Éden e no paraíso celestial, e talvez o Tetã-marãîma tenha o mesmo sentido e o mesmo espectro mítico para os guaranis.

O Tetã-marãîma é para onde o povo guarani e todos aqueles que almejam a paz desejam ir. O nome já diz tudo: Terra sem Males. É um paraíso espiritual, porém tão concreto quanto o próprio mundo, por isso diferente do mundo celestial dos

cristãos, porque ninguém precisa morrer para alcançá-lo – basta encontrá-lo. Daí por que o povo guarani, por inspiração de seus muitos cheramoi (pajés ou lideranças), desde que o mundo é mundo, vem procurando-o.

É uma jornada incansável. Alguém sabe onde esse mundo fica? Onde o encontrar?

Alguns pensam que o Tetã-maraîma está em nós mesmos – e essa é uma ideia a se considerar. Mas e se de fato for um paraíso real, onde tudo é palpável: o mar, os rios, as florestas? No qual a convivência com as pessoas é tão harmoniosa e perfeita? Dá para imaginar um mundo sem mal, sem inveja, sem fofoca, sem egoísmo?

Sim, esse é o Tetã-maraîma, a Terra sem Males guarani.

GLOSSÁRIO

Charrua: antigo povo de família linguística isolada que outrora vivia entre os territórios do Uruguai e do Rio Grande do Sul. Hoje, seus descendentes lutam para ser reconhecidos pelo governo.

Cheramoi: pajé guarani. Classe dos sábios na religião tradicional guarani.

Curimba: nome de um peixe comum nas bacias dos rios Paraná, Paraguai e Uruguai, também conhecido como curimbatá.

Ema: ave natural dos cerrados e dos pampas.

Kaingang: etnia indígena nativa dos estados do Sul do Brasil e de São Paulo, cuja origem etnolinguística tem como base o tronco Jê. Seu idioma é o kaingang, um dos mais falados pelos povos indígenas brasileiros. Eram chamados Coroados.

Minuano: antigo povo indígena natural do Rio Grande do Sul. Segundo dados oficiais, está extinto desde o século XVIII. Hoje, alguns descendentes desse povo lutam para ser reconhecidos como minuanos.

Pampas: na língua quéchua, significa "planície". É um grande bioma natural da região platina, entre o Rio Grande do Sul, o Uruguai e a Argentina.

Terra sem Males (ou Tetã-marãîma**, na língua guarani):** a Terra sem Males faz parte do que é mais sagrado na mitologia e religião guarani. É um lugar encantado, para onde os crentes vão em busca de paz.

Xetá: povo indígena de origem tupi. Um dos poucos povos não guaranis sobreviventes no Sul do Brasil.

Xokleng: nome de um povo indígena de origem Jê, natural do estado de Santa Catarina.

SOBRE YAGUARÊ YAMÃ

Yaguarê Yamã, além de escritor, é ilustrador, professor, geógrafo e ativista indígena nascido no Amazonas.

Morou em São Paulo, onde se licenciou em Geografia pela Universidade de Santo Amaro (Unisa), iniciando a carreira de professor, escritor, ilustrador e palestrante de temáticas indígenas e ambientais.

Em 2004, retornou ao Amazonas, para retomar o processo de reorganização do povo maraguá e lutar pela demarcação de suas terras. Em 2015, criou a Associação do Povo Indígena Maraguá (Aspim). É autor do projeto "De volta às origens", cujo objetivo é a reorganização cultural e social dos descendentes de povos indígenas, além do resgate da cultura e da língua falada pelos próprios indígenas.

Participou do festival folclórico de Parintins como conselheiro de arte da Agremiação Folclórica Boi-Bumbá Caprichoso, reforçando seu lado ativista. Além disso, foi coautor de várias músicas de toada ritualística para o mesmo festival.

Também atuou como coordenador de educação e cultura na Fundação Estadual do Índio (FEI), órgão do governo do estado do Amazonas.

É integrante do Movimento de Literatura Indígena desde 1999, quando publicou seu primeiro livro. Atuou no Núcleo de Escritores e Artistas Indígenas (NEArIn) e no Instituto Indígena Brasileiro para Propriedade Intelectual (Imbrapi), além de fazer parte, como vice-presidente, do Instituto WEWAÁ.

É autor de mais de trinta livros, entre os quais livros infantis, dicionários e contos. Alguns deles receberam o selo Altamente Recomendável (FNLIJ), foram selecionados para o White Ravens da Biblioteca de Munique, na Alemanha, participaram da Feira de Bolonha, na Itália, e foram indicados ao PNBE.

Como ilustrador, é especialista em grafismos indígenas e tem trabalhos nos próprios livros e participação em obras de outros autores. Nas artes plásticas, tem participação na obra *Etnias do sempre Brasil*, da escultora Maria Bonomi.

É membro da Academia Parintinense de Letras (APL) e, desde 2020, sócio fundador da Academia da Língua Nheengatu (ALN), com várias lideranças, atuando, por toda a bacia Amazônica, no resgate da Língua Geral como língua franca.

SOBRE IKANÊ ADEAN

Ikanê Adean Aripunãguá é natural de Manaus, no Amazonas. Tem vinte e cinco anos e é liderança jovem intelectual do povo maraguá.

É professor de educação física, com formação na Universidade do Estado do Amazonas (UEA).

Especialista em lendas e mitos de origem indígena e pesquisador de esportes e lutas nativas, é autor de alguns livros infantojuvenis, entre eles *Kunumaã, um curumim quer ir à lua* e *A lenda de piripirioca, perfume da Amazônia*.

O que pensa e deseja é continuar os estudos e mergulhar ainda mais na literatura infantojuvenil, para onde leva suas vivências de aldeia e da contação de histórias, muito comum na cultura de seu povo.